L'ART

JAPONAIS

PARIS. — IMPRIMERIE P.-A. BOURDIER, CAPIOMONT FILS ET Cᵉ,
rue des Poitevins, 6.

L'ART
JAPONAIS

CONFÉRENCE

FAITE A L'UNION CENTRALE DES BEAUX-ARTS APPLIQUÉS A L'INDUSTRIE

Le vendredi 19 février 1869

PAR

ERNEST CHESNEAU

PARIS

A. MOREL, LIBRAIRE-ÉDITEUR

13, RUE BONAPARTE

—

1869

L'ART

JAPONAIS

Il y aurait quelque présomption de la part d'un homme qui n'est pas lui-même un artiste à venir parler d'art ici, c'est-à-dire devant des artistes, si les manifestations esthétiques dont je vais avoir l'honneur de vous entretenir nous étaient depuis longtemps familières et dès lors parfaitement connues.

Mais, vous le savez, un instant ouvert au commerce et aux missions catholiques de l'Europe, à la fin du seizième et au commencement du dix-septième siècle, le Japon est resté depuis rigoureusement fermé au monde occidental. Un témoignage de l'art français a consacré le souvenir de la courte apparition du catholicisme en ces îles lointaines.

Vous vous rappelez le grand tableau de Nicolas Poussin qui représente *Saint François Xavier rappelant à la vie la fille d'un habitant de Cangorima.*

Ce tableau avait été peint en 1641 pour le grand hôtel du noviciat des Jésuites; il est maintenant placé dans le salon carré au Louvre. Nous ne trouvons dans cette peinture, cela va de soi, aucune recherche de ce que l'on a depuis appelé « la couleur locale. » L'œuvre de Poussin a d'autres et bien illustres mérites; mais elle ne peut nous être d'aucun enseignement pour l'objet spécial qui nous occupe.

A l'heure où le maître français se reportait par l'esprit vers ces contrées, un édit de proscription exécuté avec une impitoyable rigueur en avait chassé définitivement tous les étrangers (1587). A l'exception des Hollandais qui, depuis un siècle environ, ont obtenu d'établir un comptoir sur un point de la côte, notre monde n'a pu reprendre pied au Japon avant l'année 1854. Et, il faut bien le dire, en dépit des traités récents, ce n'est encore et ce ne sera pendant bien longtemps qu'avec une extrême difficulté, dans des limites on ne peut plus restreintes, que les investigations de nos voyageurs pourront franchir le périmètre de l'Empire si soigneusement gardé.

Avant d'entrer au cœur de notre sujet, qui est l'art japonais, vous me permettrez de vous dire quelques mots du peuple japonais lui-même et du milieu dans lequel cet art s'est développé.

Le Japon est un groupe d'îles mystérieuses, jeté par de

violentes éruptions volcaniques au bout des mers de l'extrême Orient. De leur origine elles ont gardé une configu-
ration bizarre; leurs contours, violemment déchiquetés,
se découpent en dents de scie, irrégulières et aiguës, qui
semblent les défendre de toute approche, et s'avancent
comme une menace, en pointes hérissées, dans l'azur
intense du grand Océan.

Il y a là trois grandes îles principales : Kiousiou, Sikoff
ou Sikok, Niphon ou Nippon, qui est la plus grande, et a
donné son nom à tout l'empire. Voici le sens et l'étymo-
logie de ce nom : *Ni* est une contraction de *Nitsi*, qui
signifie soleil; *Phon* veut dire origine. De la combinaison
de ces deux mots, et à la faveur d'une contraction qui se
fonde sur les règles de la langue parlée, se forment le nom
plus ancien de *Niphon*, et celui, plus moderne, de *Nipon*,
c'est-à-dire *Lever du Soleil*. Ce dernier n'appartient pas
au japonais pur; il résulte de la prononciation qui s'est
introduite avec l'écriture chinoise, et c'est de lui que les
mandarins du Céleste-Empire ont fait *Shipèn*, les Anglais
Japan (prononcez *Djépèn*), les Hollandais *Japan* (prononcez *Iapann*), et les Français *Japon*.

J'ai emprunté ce renseignement au livre de M. Ed. Frais-
sinet, *le Japon contemporain* [1].

Vous vous souvenez d'avoir vu flotter à Paris, il y a deux
ans, un large voile blanc, au centre duquel s'arrondissait
un disque d'un rouge vif. C'était l'étendard japonais,

1. Chez Hachette.

l'image symbolique et emblématique de l'Empire du Soleil
levant : un globe de feu montant dans l'aube laiteuse des
atmosphères matinales.

Pour vous donner une idée de l'importance de l'empire,
il suffit de vous rappeler que la population de Yedo, la
seconde capitale du Japon, est au moins égale à celle de
Paris. Elle compte près de deux millions d'habitants. J'ai dit
que Yedo est la seconde capitale du Japon, et ceci m'amène
à vous indiquer, aussi rapidement que possible, la consti-
tution politique de l'État.

Le Japon est gouverné par deux souverains : le mikado,
qui est le chef spirituel de l'empire, dont la résidence est
fixée au palais de Miako, près de Kioto, et le taïkoun, qui
est le chef du pouvoir exécutif et qui réside à Yedo.

Bien que ce dernier soit en réalité le maître du gouvernement, hiérarchiquement il est subordonné au mikado qui
a seul le droit de ratifier et d'approuver les actes du
taïkoun.

Cette soumission n'est, le plus souvent, qu'une simple
affaire de formalité ; mais cependant il arrive que parfois,
surtout en ce qui touche les décisions prises à l'égard des
étrangers, ce double pouvoir devient une source de com-
plications, et, en ces dernières années, notre politique
étrangère a éprouvé dans ses rapports avec le Japon de
réels embarras qui ne tiennent pas à une autre cause.

Au-dessous du mikado et du taïkoun, prennent place
les grands feudataires, les princes ou daïmios, gouverneurs
de provinces, plus libres en apparence qu'en réalité, et

maintenus dans un état de vasselage effectif par des moyens d'une grande habileté que je n'ai pas à exposer ici, mais qui sont la plus extraordinaire application de la célèbre maxime : *Divide ut imperes*, diviser pour régner.

Viennent ensuite : d'abord une immense armée de fonctionnaires de toutes sortes ; puis les classes commerçantes et laborieuses.

Les idées européennes de liberté n'ont point encore pénétré au Japon, et de l'aveu des voyageurs de tous les pays, tant anciens que modernes, cette forme de gouvernement féodal extrêmement compliquée avait assuré au peuple japonais un bien-être général, une sécurité, une confiance dans la durée des choses établies qui le préservaient de toute agitation politique et lui permettaient en conséquence de s'abandonner pleinement à l'expansion de sa nature, sous une discipline de fer allégrement portée.

L'intervention des idées occidentales n'amènera-t-elle aucune modification à cet état de choses ? Je vous laisse le soin de résoudre cette question. Je reviens au caractère du peuple japonais qui doit vous être indiqué aussi, car il contribuera à vous faire comprendre les côtés rêveurs et enjoués de son art. Tous les récits de ceux qui ont vécu au Japon sont d'accord pour proclamer la bonté, la bienveillance, la politesse exquise, la finesse, l'intelligence rapide de la race japonaise, sa curiosité enfantine et spirituelle ; en même temps une certaine méfiance imposée par la rigueur des lois et par le système d'espionnage organisé du haut en bas de l'échelle sociale ; enfin, et pour n'indiquer que les traits principaux, un courage héroïque, un sentiment de patriotisme profond, une grande habileté et une fermeté rusée dans les transactions commerciales, qui n'en exclut point cependant la loyauté ; par-dessus tout un respect de soi et des autres, une dignité qui se traduit par des actes de vengeance cruelle, dès qu'elle est outragée.

Avec de telles mœurs, cette population, ardente au travail, vivant sur un sol des plus riches, fertile, soigné de toutes parts comme un jardin, où tous les procédés d'irrigation, d'assolement, de drainage, de culture ont atteint la perfection, cette population, dis-je, paraît avoir fixé, chose rare, l'idéal de bonheur qu'elle s'est proposé : la paix de l'âme et la sérénité absolue de l'esprit.

Pour compléter ces indications générales, il me faudrait encore parler de la foi religieuse au Japon, de la fusion qui s'y est faite entre la religion primitive, le culte kami ou culte des ancêtres, d'une admirable simplicité, dépouillé des formes sacerdotales, ne faisant appel qu'à la conscience, et le bouddhisme qui s'est ajouté à l'ancien culte, mais plutôt dans ses formes extérieures très-compliquées que dans son esprit destructeur de toute énergie. Mais je ne puis insister ; il est temps d'arriver à l'objet direct de cette leçon, et de chercher avec vous quels sont les caractères essentiels de l'art chez ce peuple qui m'apparaît comme un peuple d'enfants ingénieux, pratiques, rusés, mais aimables et charmants.

Eh bien ! Messieurs, feuilletez ces albums, regardez ces

écrans, voyez ces feuilles peintes, étudiez toutes les productions de l'industrie japonaise, meubles, ivoires, porcelaines, laques, bronzes, et vous aurez bientôt reconnu que les caractères fondamentaux de l'art décoratif japonais sont : 1° l'absence de symétrie; 2° le style; 3° la couleur.

Je m'arrête à ces trois points, car vous admettrez, Mesdames et Messieurs, qu'il serait impossible en un si court espace de temps d'entrer dans les nuances complexes et multiples qu'offrirait l'analyse de l'art entier d'un peuple.

Au premier abord, ce qui vous aura frappés, c'est bien réellement l'absence de symétrie, dans le sens — dénaturé du sens primitif — que nous donnons à ce mot depuis le seizième siècle.

Les Grecs, qui ont inventé le mot, sinon la chose, considéraient, d'après le texte latin de Vitruve, la symétrie comme un accord convenable (*conveniens consensus*) des diverses parties d'un ensemble. Nous avons singulièrement restreint cette signification très-large et très-élevée. Nous entendons aujourd'hui par le mot *symétrie* une similitude absolue de parties opposées, une reproduction exacte, à la gauche d'un axe, de la moitié placée à sa droite, un décalque retourné, une contre-partie, pour ainsi dire une contre-épreuve. Je n'ai pas besoin de faire remarquer quelle petite part le principe de symétrie ainsi conçu laisse à l'imagination. Nous sommes loin, n'est-ce pas? de la symétrie grecque, qui était seulement une pondération, un équilibre harmonieux des parties parallèles et non une répétition de ces mêmes parties [1].

L'homme par sa construction est symétrique, mais à la façon dont l'entendaient les Grecs et non comme nous l'entendons aujourd'hui. Jamais les deux côtés du corps de l'homme n'apparaissent dans une identité de mouvements absolue. Cependant, de cette symétric organique vient peut-être chez l'homme ce besoin de pondération qu'il est souvent indispensable de satisfaire dans l'art industriel, mais, j'y insiste, non par la réplique des formes parallèles : leur pondération doit suffire. C'est ce que les Japonais ont merveilleusement compris.

Jamais ils ne font de pendants identiques; deux vases de bronze ou de porcelaine, destinés à être appariés, seront toujours variés, quoique de même galbe, de mêmes proportions et de décor analogue.

Je ne veux point dire néanmoins que les Japonais aient été les seuls à s'affranchir de cette contrainte qui pèse sur notre industrie depuis deux siècles. Et, puisqu'on invoque si souvent l'antiquité à l'appui de certaines règles qui me paraissent dangereuses et que je ne crains pas de considérer comme erronées, nous nous appuierons, nous aussi, sur des exemples tirés de l'art grec pour justifier la légitimité de ce que, si vous le voulez, j'appellerai la *dyssymétrie*.

1. Voir Viollet-le-Duc, *Dictionnaire raisonné d'architecture*, aux mots *Proportion* et *Symétrie*.

Il n'est personne qui ait jeté les yeux sur un plan du Palatin ou de l'Acropole sans remarquer l'absence de symétrie, la dyssymétrie absolue de ces grandes réunions de temples et de palais.

Et savez-vous, Messieurs, ce que les dernières études sur le Parthénon ont démontré? C'est que ce monument tant dessiné, mesuré, analysé, si justement admiré, offre dans toutes ses grandes lignes d'assise et d'aplomb, une déviation très-sensible de la droite horizontale pour les unes et de la droite verticale pour les autres.

Pour les lignes verticales le fait était acquis depuis longtemps; on savait qu'Ictinus avait donné à son temple la forme d'une pyramide tronquée. Les murs de la cella étaient légèrement inclinés les uns vers les autres; l'étendue de la base donnant scientifiquement et optiquement une plus grande stabilité à tous les corps.

Mais voici un phénomène plus intéressant : outre le renflement et la diminution graduelle des colonnes, on a reconnu, à l'aide des mesures les plus minutieuses, que la grande ligne horizontale des degrés sur lesquels le temple repose et celle de l'entablement offraient une courbure sensiblement appréciable.

On sait quelle est la convexité des courbes du soubassement et des degrés, on a mesuré la convexité des courbes peu à peu renforcées des architraves, des frises et des frontons. M. Beulé, dans son livre sur l'*Acropole d'Athènes*, a résumé les admirables travaux sur ce sujet de M. Penrose, architecte anglais. Je renverrai ceux d'entre vous qui voudront plus de détails au livre français. On sait, dis-je, comment les colonnes contenues entre les deux arcs du soubassement et de l'architrave déviaient à droite et à gauche pour accompagner la flexion qui plaçait en retraite les extrémités des lignes. Ces déviations ne sont point considérables, cela va sans dire, elles sont de quelques centimètres sur des longueurs de 100 et 200 pieds [1] ; mais l'effet n'en était pas moins complet et suffisait pour donner à l'ensemble cette eurhythmie, cette harmonie, cette grâce, cet aspect fluide et vivant que n'aura jamais la ligne droite rigide, sèche, glaciale.

Et à ce sujet, Messieurs, permettez-moi de hasarder une réflexion générale que m'a suggérée l'étude de l'art japonais, confirmé ici par l'art grec.

J'hésite à formuler cette réflexion, parce que je crains de heurter la logique du goût français ; mais je vous demande de vouloir bien la vérifier, y penser, en prendre ce que vous jugerez convenable, en écarter ce qu'elle vous paraîtrait avoir d'excessif.

Ce que je veux vous dire, Messieurs, c'est que les formes géométriques primitives, simples, parfaites, ne sont point des formes esthétiques. La ligne droite, le triangle équilatéral, le carré, le cercle, formes pratiques de force, de résistance, de stabilité, sont des formes rigides, immobiles, des formes abstraites et mortes.

1. La flèche de la courbe, sur la façade, est de 0,072 millimètres ; sur le côté sud, elle est de 0,123 millimètres (V. Beulé, t. II).

Or, c'est précisément avec ces formes que vous avez à lutter chaque jour. Votre rôle est donc de les vivifier, et si j'ose aller jusqu'au bout de ma pensée, votre supériorité sera de les dissimuler, de les altérer le plus possible pour le regard, tout en respectant leur principe pratique. L'art japonais vous offrira d'innombrables exemples de ce que peut le génie esthétique en ce sens.

Vous remarquerez que, dans toute forme circulaire, le Japon déplace toujours le centre que, nous, au contraire, nous accusons avec une précision toute géométrique. Vous remarquerez de même que les surfaces cubiques sont toujours altérées par l'artiste japonais. Voici un rectangle : les angles sont abattus, bien plus, les côtés sont devenus légèrement convexes. En outre le décor intérieur est en dehors des diagonales. — De là, Messieurs, l'imprévu perpétuel de cet art. Imprévu qui se retrouve dans tous les arts de l'Orient. Voyez un tapis de Perse, il sera pour le regard parfaitement carré. Je le suppose bordé de dentelures; comptez-les sur chaque côté du carré, il n'y aura pas deux côtés qui présentent un égal nombre de dents, C'est à cela que tient la souplesse des œuvres sorties des mains de ces merveilleux décorateurs. C'est à ce que nous avons appelé la dyssymétrie.

L'architecture civile et militaire du moyen âge ne se soumettait point davantage à cette règle des mesures semblables qui font la symétrie, mais qui n'ont jamais donné et jamais ne donneront de combinaisons agréables, qui jamais ne produiront de rapports harmonieux.

Vous vous rendrez compte du parti qu'une riche imagination peut tirer de cet affranchissement de la symétrie par l'examen de l'art japonais auquel je reviens.

A ces exemples que vous avez sous les yeux, j'en veux ajouter un autre, tiré de l'architecture japonaise également. Dans les avenues qui précèdent les temples se trouvent espacées des portes sacrées ou *tori* formées de deux piliers légèrement inclinés l'un vers l'autre et réunis par deux traverses horizontales. Eh bien! on a remarqué que ces portes n'ont point toutes la même dimension et sont plus petites à mesure qu'elles se rapprochent du temple de manière à augmenter l'effet de perspective de l'avenue.

C'est l'application du principe constant qui domine cet art et dont la règle absolue est la combinaison des rapports en vue de l'effet d'ensemble. Les proportions sont éminemment variables, mais calculées toujours en raison d'une progression harmonique fondée sur un sens de l'art exquis, manœuvrant avec une logique supérieure à travers les libertés et les licences de la dyssymétrie.

Maintenant, Messieurs, arrêtons-nous au second des trois caractères essentiels que nous avons attribués à l'art japonais. Je dis que l'art japonais se présente dans ses moindres manifestations avec toutes les beautés de ce qu'on appelle le style. Ce rare mérite tient uniquement à la merveilleuse harmonie que les artistes savent établir : 1° entre la forme et la destination de l'objet; 2° entre la forme constitutive et le décor superficiel de l'objet ; 3° entre la forme et la matière de l'objet.

De ces trois éléments absolus du style en matière de fabrication et d'art industriel, il résulte que tout objet sorti des mains d'un artiste japonais :

1° Indique immédiatement sa destination (sauf quelques réserves qu'il faut attribuer à un jeu, à un caprice d'imagination) ;

2° Ajoute au caractère extérieur par le décor, chargé tantôt d'accentuer, tantôt de corriger ce caractère ;

3° Met scrupuleusement en lumière toutes les propriétés de la substance ou matière employée.

J'ai le regret de ne pouvoir placer sous vos yeux quelqu'un de ces meubles ingénieux et charmants, où le caprice, si riche qu'il soit, respecte cependant la convenance et la destination du meuble.

Quant au second point : le décor, ai-je dit, est chargé d'accentuer ou de corriger le caractère extérieur de la forme. Pour l'accentuation dans le sens du caractère, le fait est simple ; des redoublements de lignes et de contours y suffisent ; mais pour l'altération dans le sens correctif, vous remarquerez ce que je disais tout à l'heure : le déplacement du point central dans les objets qui affectent la forme du cercle parfait, dans les éventails par exemple, dans les bols, plateaux, etc. Si la forme est rectangulaire ou cubique, comme dans les petites boîtes

2

d'usage familier et à bon marché, le décor s'efforcera de détruire, par une complication de formes géométriques irrégulières, la régularité rigide du rectangle.

Enfin, Messieurs, sur le troisième point, la mise en œuvre des propriétés de la matière, je suis forcé d'invoquer vos souvenirs et de vous rappeler avec quel soin scrupuleux, dans la façon des porcelaines, les artistes japonais éviteront les saillies, les anses qui sont inévitablement destinées à se casser aumoindre choc. Je vous rappellerai le modelé si moelleux de leurs ivoires et de leurs laques. Je vous rappellerai aussi avec quelle profusion le bronze, au contraire, matière solide par excellence, se hérisse sous leurs mains de saillies multipliées et fantasques.

Voilà ce qui contribue à donner un style original aux œuvres japonaises, et je dirai même à leur donner d'une façon absolue le style.

Mais le style ils le doivent encore à leur admirable interprétation de la nature, qu'ils prennent toujours dans l'homme, dans l'animal, dans la plante, par l'accent nerveux qui caractérise telle ou telle fonction. Le geste, la physionomie, l'attitude du corps chez l'homme. Chez l'animal, la construction légèrement exagérée dans le sens de son allure : le vol, la souplesse, la rapidité de la course, l'indolence ; et de même l'allure des instincts : la férocité, la malice, la douceur, la mélancolie. Pour la plante, l'élégance ou la rudesse du port.

Cette accentuation du caractère s'étend aux scènes composées, aux paysages, aux fantaisies les plus suaves ou les plus terribles de l'imagination qui dès lors deviennent des œuvres de style.

J'aurai peu de chose à vous dire, Mesdames et Messieurs, du don de la couleur chez les artistes japonais. Vous avez vu leurs échantillons de papier peint, leurs feuilles d'albums, je n'ai pas à y insister. Avec les éléments les moins nombreux ils savent réaliser les effets les plus harmonieux et les plus éclatants.

Il est difficile de rendre par des mots la richesse et l'éclat de la coloration en ces feuilles qui sont à leurs œuvres de maître ce que notre imagerie d'Épinal est aux tableaux de nos artistes les plus renommés.

Et ici, je m'interromps un instant pour vous dire que si nous n'avons vu en France, jusqu'à ce jour, que des albums imprimés et des feuilles décoratives, le Japon ne se borne point à ces manifestions secondaires du sentiment pittoresque.

Je trouve dans une très-précieuse publication, *le Tour du Monde*, la description d'un grand tableau qui correspond évidemment aux ouvrages de nos peintres que nous classons sous le nom de peintures d'histoire.

Permettez-moi de vous lire cette description, qui donne vraiment l'idée d'une composition imposante.

Le voyageur, M. Aimé Humbert, ministre plénipotentiaire de la Confédération suisse, fait le récit des fêtes religieuses données annuellement au Japon.

Le septième et dernier jour de la fête est consacré à la

commémoration de la mort de Bouddha. Ce jour-là, dans le temple de Toôfoukzi à Kiotô, résidence du mikado, on déroule le célèbre tableau du Néhanzaô, peint par Toôdenzou.

« Au centre de cette grande toile, le Bouddha est représenté étendu sous les arbres de saras, plongé dans le repos de l'éternel néant. Le calme solennel de sa figure révèle que l'affranchissement de son intelligence est consommé, que le sage est irrévocablement entré dans le nirwâna. Ses disciples, autour de lui, le contemplent avec une expression mêlée de regret et d'admiration. Les pauvres, les opprimés, les parias, pleurent l'ami charitable qui les a nourris des aumônes qu'il recueillait pour eux, et le consolateur dont la parole compatissante leur a ouvert les perspectives de la délivrance. Les animaux même, la création entière s'émeut en voyant réduit à l'état de cadavre celui qui respecta constamment la vie, sous toutes les formes qu'elle revêt dans la nature. Les génies de la terre, des eaux et des airs s'approchent avec respect, suivis des hôtes de leurs domaines, les poissons, les oiseaux, les insectes, les reptiles, les quadrupèdes de .toutes sortes jusqu'à l'éléphant blanc, degré suprême de la métempsycose brahmanique. »

Voilà certes qui donne l'idée d'une inspiration pleine de grandeur, d'une vaste composition dont l'effet doit être singulièrement imposant. Vous retiendrez, Messieurs, le nom de l'artiste, de Toôdenzou, et vous le garderez dans votre mémoire auprès de celui d'Oksaï, l'auteur des quatorze albums de croquis dont je vous ai montré quelques merveilleux spécimens. Mais ce n'est point seulement en peinture que se manifeste, avec un égal caractère de grandeur et d'élévation, le sens esthétique du peuple japonais. Dans la même relation, M. Humbert parle en ces termes d'une statue colossale du Daïboudhs ou Bouddha.

« Le chemin qui y conduit s'éloigne de toute habitation et se dirige vers la montagne ; il serpente d'abord entre des haies de hauts arbustes ; ensuite l'on ne voit plus rien devant soi qu'une route toute droite, qui monte au milieu du feuillage et des fleurs ; puis elle fait un contour comme pour aller à la recherche d'un but éloigné, et tout à coup l'on voit apparaître, au fond de l'allée, une gigantesque divinité d'airain, accroupie, les mains jointes, et la tête inclinée, dans une attitude d'extase contemplative.

« Le saisissement involontaire que l'on éprouve à l'aspect de cette grande image fait bientôt place à l'admiration. Il y a un charme irrésistible dans la pose du Daïboudhs, ainsi que dans l'harmonie des proportions de son corps, la noble simplicité de son vêtement, le calme et la pureté des traits de sa figure. Tout ce qui l'environne est en parfait rapport avec le sentiment de sérénité que sa vue inspire. Une épaisse charmille, surmontée de quelques beaux groupes d'arbres, ferme seule l'enceinte du lieu sacré, dont rien ne trouble le silence et la solitude. A peine distingue-t-on, cachée dans le feuillage, la modeste cellule du prêtre desservant. L'autel, où brûle un peu d'encens aux pieds de la divinité, se compose d'une table d'ai-

2.

rain, ornée de deux vases de lotus, du même métal et d'un travail excellent. Les marches et le parvis de l'autel sont revêtus de larges dalles formant des lignes régulières. L'azur du ciel, la grande ombre de la statue, les tons sévères de l'airain, l'éclat des fleurs, la verdure variée des haies et des bosquets, remplissent cette retraite des plus riches effets de lumière et de couleur. »

Vous le voyez, Messieurs, l'art japonais n'est pas seulement un art de décorateurs ; c'est ce que je tenais à vous prouver. Il a toutes les aspirations, toutes les élévations, toutes les supériorités du grand art.

Les feuilles peintes que le Japon nous envoie n'ont pas évidemment l'importance du tableau et de la statue dont nous venons de lire la description ; elles suffisent cependant à révéler le génie pittoresque d'un peuple.

Elles sont imprimées en couleur par le même procédé que nos papiers peints, c'est-à-dire qu'elles se répètent et se débitent à l'infini, et cependant, on ne saurait trop y insister, ce sont vraiment des œuvres d'art.

Nos grands fabricants ont réalisé dans le papier peint de luxe des merveilles sans rivales. Mais, oserai-je le dire, il me semble que nous pouvons demander conseil aux Japonais pour la décoration du papier peint à bon marché.

Je n'apprendrai à personne ici que le prix de revient du papier peint augmente dans la proportion du nombre des couleurs employées. Or, nous pouvons reconnaître que nos papiers à deux ou trois tons sont très-généralement bien peu agréables à la vue.

Voulez-vous me permettre de les comparer aux papiers japonais de même condition ?

En voici un composé de deux tons seulement, du rouge et du vert, appliqués sur le fond uni du papier dont la nuance dans la pâte même est d'un blanc laiteux, crémeux, véritablement exquis. Eh bien, avec ces deux tons et le ton du papier, l'artiste a su combiner le dessin le plus vivant, le plus coloré, le plus vibrant et le plus gai qu'on puisse imaginer. Ce sont de longues aigrettes de fleurs s'épanouissant, comme des gerbes déliées, à travers des mailles irrégulières formées par de grands roseaux aux feuilles tourmentées, aux longues tiges gonflées de sève.

Avec un ton de plus, le jaune, nous obtenons des lacets et des treilles de vigne vierge tout empourprée, rougie, dorée par les premières morsures des bises d'automne. La même plante, si riche en cette saison, s'attachera, sur une autre feuille, à des cannelures aux orbes profondes, audacieusement entaillées dans le fût de quelque colonne imaginaire. Augmentons-nous le nombre des tons, nous arrivons à des richesses de coloration féeriques, à des combinaisons de lignes empruntées, avec une perfection magistrale, aux formes naturelles, et transformées par l'imagination la plus souple et la plus féconde. Et si j'ai dit que notre fabrication, dans le papier de luxe, l'emportait sur la fabrication japonaise, cela est vrai de l'imitation, pour ainsi dire réaliste et en trompe-l'œil de la fleur, plutôt que du sentiment décoratif et du sentiment de la nature, dans lesquels les artistes japonais sont tout au moins nos égaux.

C'est qu'en effet, plus que nous, ils possèdent et appli-
quent les principes infaillibles qui permettent de transfor-
mer en œuvre d'art décoratif les éléments fournis par la
nature. Leur éducation, à cet égard, est parfaite et com-
plète. S'ils luttent avec la réalité dans leurs peintures décoratives, c'est uniquement par la silhouette des formes
naturelles et point du tout par la recherche et l'imitation
des effets d'ombre et de lumière. Il ont depuis longtemps
compris qu'une peinture tirée à grand nombre par les
moyens d'impression, destinée, par conséquent à décorer
les habitations qui sont disposées et éclairées de la manière
la plus différente, ne devait pas être artificiellement éclai-
rée par l'artiste dans un sens, le plus souvent et forcément
contraire au sens de la lumière réelle, qui pénètre dans
l'appartement.

Nos dessinateurs de papiers peints commettent donc
une erreur capitale, lorsqu'ils simulent, dans leurs peintures, les clairs et les ombres portées que recevraient dans
la réalité les objets représentés par eux. Ils oublient que,
travaillant dans un atelier où le jour pénètre constamment
du même côté, ils éclairent leurs peintures d'une façon
conventionnelle, et que l'orientation qu'ils auront adoptée
se trouvera très-fréquemment opposée à l'orientation de
l'appartement où leur décoration doit prendre place. Malgré
la perfection du rendu, et précisément à cause de cette
perfection, nos artistes décorateurs cèdent à un principe
faux, l'illusion; tandis que les artistes japonais, ne pei-
gnant que par teintes plates, sont rigoureusement dans la

logique et observent la loi fondamentale de l'art décoratif, dès qu'il est forcé d'avoir recours aux moyens de production industrielle.

Ce que nous disons là du dessin appliqué aux papiers de tenture est, à plus forte raison, également vrai des dessins destinés aux étoffes, aux tapisseries, aux faïences et aux porcelaines, c'est-à-dire à toute fabrication d'objets qui, par nature, sont essentiellement mobiles.

La perspective au Japon est également soumise à ces lois rigoureuses de la mobilité des objets. Aussi les artistes japonais se bornent-ils dans cet ordre à appliquer une sorte de perspective linéaire toute de sentiment.

D'ailleurs, ce sens délicat des lois de l'art décoratif n'est pas le privilége du Japon : tout l'Orient a connu ces lois et a su les appliquer avec une certitude et une perfection que nous pouvons lui envier.

Concluons donc plus spécialement sur l'art japonais. Rappelons que ses caractères essentiels sont la dyssymétrie, le style, la couleur, et encore l'invention, l'imagination, transformant la nature savamment connue, profondément étudiée, et la ployant aux nécessités expressives de l'art ; rappelons le sentiment si juste du contraste des couleurs, grâce auquel les artistes japonais ne reculent devant aucune intensité d'effet ; rappelons la richesse éblouissante de leurs compositions peintes, leur recherche de l'harmonie dans la forme et dans la décoration, du caractère dans le dessin ; leur fécondité inépuisable, l'abon-

dance avec laquelle ils varient à l'infini les motifs les plus
connus, pour leur donner l'esprit, la grâce et une saveur
d'imprévu tout à fait locale. Ils ont poussé le dilettantisme
de l'art au delà de ce qu'on saurait imaginer. Non-seule-
ment ils ont ménagé au sens de la vue les plus rares plai-
sirs, les satisfactions les plus exquises, en déployant toutes
les ressources, tous les prestiges, toutes les magies de la
couleur ; mais, allant plus loin encore, ils ont inventé ce
que j'appellerai l'esthétique du toucher. — Les formes des
objets fabriqués par eux sont calculées avec raffinement,
pour éveiller et chatouiller toutes les délicatesses du tact.
Leurs petits meubles, leurs boîtes, leurs bijoux, d'une
forme toujours ingénieuse et toujours variée ; leurs char-
mantes amulettes, leurs boutons si cherchés de motifs et
d'aspect ; toutes ces bagatelles sollicitent et appellent,
pour ainsi dire, les caresses de la main. Elles sont d'une
fantaisie inépuisable, soignées, finies, achevées avec une
précision toute mathématique, et faites pour épouser étroi-
tement les formes de la paume et des doigts. Nulle saillie
extérieure ; tous les angles sont émoussés, arrondis en ces
objets qui donnent au contact la sensation indéfinissable
d'une matière dure et cependant malléable.

Il semblerait qu'une préoccupation si constante doit
imposer aux ouvrages japonais un caractère de fadeur
excessive. C'est précisément le contraire qui se produit,
et, en effet, avec la finesse de jugement et de goût qui leur
est propre, les artistes japonais ont su relever cet énerve-
ment de la forme par l'accentuation et le caractère éner-

gique du dessin, et aussi par l'imprévu des combinaisons
qui président à l'architecture, à la construction intérieure
et extérieure de ces mêmes objets.

Ils éveillent chez l'amateur l'idée de force et de résistance ; ils suscitent l'illusion, la sensation du relief par
l'esprit et par le trait nerveux du dessin. On remarquera,
par exemple, que le dessin décoratif appliqué à ces laques,
à ces ivoires, à ces bois, à ces écailles d'un modelé si
savamment émoussé, affecte toujours des formes angu-
leuses, rompues, fréquemment contrastées, opposées dans
leur direction, mais toujours (il faut le rappeler et y insister), toujours indiquées en conformité d'esprit avec les
types naturels simplement exagérés et, de parti pris, accu-
sés dans le sens de l'énergie.

Mais ce qui domine dans la fabrication industrielle,
c'est, avant toute chose, l'invention, une imagination inépuisable, s'exerçant à varier incessamment les formes des
objets, en respectant scrupuleusement, toutefois, le principe de leur destination ; en se conformant tout d'abord au
but qu'ils doivent remplir, en l'appropriant soigneusement
à l'usage, au service pour lesquels ils sont faits. Aussi
éprouve-t-on toujours une réelle jouissance esthétique, et
goûte-t-on la pleine satisfaction que laissent les œuvres
parfaites, en présence d'une œuvre d'art venue de Yedo[1].

Et maintenant, Messieurs, quel peut être le résultat de

1. Ces dernières considérations ont déjà été développées par
l'auteur dans un travail antérieur où il n'a fait que les reprendre.
Voir *les Nations rivales dans l'Art*, 1 vol. in-18, chez Didier.

cette causerie sur un art que le contact de la civilisation occidentale va dénaturer, si déjà ce n'est fait?

Au moment où nous introduisons au Japon les mœurs, les usages, les coutumes et les arts de l'Occident, aurais-je la ridicule prétention de vous engager à soumettre l'art français à l'art japonais? Cette pensée est bien loin de moi.

Je ne viens pas vous demander d'imiter platement ni même d'imiter ces arts de l'extrême Orient; je sais que je ne l'obtiendrais pas du libre génie de nos artistes.

Je sais qu'ils ne consentiront jamais à abdiquer leur personnalité au profit d'un paresseux empirisme qui consisterait soit à imiter sans les comprendre, soit à mélanger sans ordre ni raison ces formes d'un art étranger.

Mais je crois que vous étudierez ces conceptions subtiles et charmeresses, ces principes d'une science et d'un sentiment d'art si profond, et que vous saurez les appliquer, les étendre, les perfectionner, les approprier à nos usages, pour la plus grande gloire du goût français et la fortune de notre industrie sur les marchés du monde.

FIN.

Paris. — Impr. de P. Bourdier, Capiomont fils et Cie, rue des Poitevins. 6.

www.ingramcontent.com/pod-product-compliance
Lightning Source LLC
Chambersburg PA
CBHW061631180626
46818CB00005B/2335